MW00979290

Les éditions de la courte échelle inc.

Jean-Marie Poupart

Né en 1946, Jean-Marie Poupart a fait des études en littérature. Il donne des cours de français dans un collège et, pendant de nombreuses années, il a été chroniqueur littéraire à Radio-Canada. Il écrit beaucoup, il lit beaucoup et il voit beaucoup de films. Il a d'ailleurs participé à la rédaction du *Dictionnaire du cinéma québécois*. Et il a aussi écrit quelques scénarios.

Également amateur de jazz et de blues, Jean-Marie Poupart adore faire de longues promenades en écoutant des cassettes sur son walkman. Il a publié plus d'une vingtaine d'ouvrages. Et près de la moitié de ces livres sont destinés aux jeunes. *Le nombril du monde* a été traduit en danois.

Des photos qui parlent est le quatrième roman qu'il publie à la courte échelle.

Francis Back

Né en 1959 à Montréal, Francis Back a étudié l'illustration en Suisse, à l'École des Beaux-Arts de Bâle. Ce long séjour lui a permis d'acquérir la maîtrise de son métier ainsi que de développer une grande compétence en matière de chocolats et de fromages helvétiques.

Passionné par l'histoire du Québec, il a travaillé pour des musées ainsi qu'à des films historiques et à des livres «sérieux» publiés au Canada, en Angleterre et aux États-Unis. Parallèlement à cette production, il aime aussi particulièrement illustrer des livres jeunesse, car ils lui permettent de donner libre cours à son imagination et à son sens de l'humour.

Des photos qui parlent est le premier roman qu'il illustre à la courte échelle.

Jean-Marie Poupart

DES PHOTOS QUI PARLENT

Illustrations
de Francis Back

la courte échelle

Les éditions de la courte échelle inc.

Les éditions de la courte échelle inc.
5243, boul. Saint-Laurent
Montréal (Québec) H2T 1S4

Conception graphique:
Derome design inc.

Révision des textes:
Odette Lord

Dépôt légal, 3e trimestre 1991
Bibliothèque nationale du Québec

Données de catalogage avant publication (Canada)

Poupart, Jean-Marie, 1946-

    Des photos qui parlent

    (Roman Jeunesse; 32)

    ISBN: 2-89021-162-2

    I. Back, Francis. II. Titre. III. Collection.

PS8581.O85P56 1991   jC843'.54   C91-096416-5
PS9581.O85P56 1991
PZ23.P68Ph 1991

À Nicolas

Chapitre I
La robe de Bernadette

— Phil, je reviens dans une minute.

Comme chaque fois, Bernadette, la travailleuse sociale, se lève pour raccompagner maman jusqu'aux ascenseurs.

Pendant ce temps, moi, je dois rester sagement assis dans le bureau. Assis? Oui, je reste assis. Enfin, presque... Sagement? Ça, c'est une autre histoire.

Par exemple, je n'ai qu'à me redresser pour regarder par la fenêtre. Tiens! j'aperçois Max, en bas, qui gambade pour se réchauffer. Vu du quatrième étage, il paraît tout petit.

Si je tourne ma chaise et que je m'étire la jambe, je réussis à toucher la porte. Bernadette ne la referme jamais complètement. Avec le bout du pied, je peux l'entrouvrir de quelques centimètres. La manoeuvre me permet d'écouter ce qui se dit dans le couloir.

Là, j'ai de la chance. Maman et

Bernadette n'ont pas encore bougé, et leur sujet de conversation, c'est moi. Malheureusement, elles chuchotent, et il y a des phrases que je perds.

— Phil ne s'aime pas, murmure Bernadette. Il ne s'aime pas et il refuse d'être aimé.

— Jean-Philippe. Son nom, c'est Jean-Philippe.

Ma mère déteste les diminutifs. Selon elle, les gens se servent des diminutifs uniquement pour vous diminuer. C'est logique, mais je ne suis pas de son avis. Jean-Philippe est un nom qui convient plus ou moins à un gars de douze ans. Phil est mieux, je trouve...

Je tends l'oreille.

— Il me parle très rarement de ses amis, poursuit Bernadette.

— Jean-Philippe est un solitaire. Il adore la lecture, il...

Maman ajoute quelque chose que je ne saisis pas. Leurs voix s'éloignent. C'est bien Bernadette, ça! Parce que je ne lui parle pas de mes amis, sa conclusion, c'est que personne ne m'aime.

Il y a des moments où je ne m'aime pas beaucoup, c'est vrai. Alors, les autres font mieux de ne pas m'achaler... Vous êtes comme moi, non? Mais ces moments-là sont l'exception. En général, je m'aime et je ne refuse pas d'être aimé.

La preuve que je ne suis pas aussi sauvage que Bernadette le prétend, c'est qu'il y a toujours un gars de ma classe qui vient m'attendre devant l'immeuble quand j'ai rendez-vous ici. Aujourd'hui, c'est Max. L'autre mois, c'était William.

Ma travailleuse sociale ne fait tout simplement pas la différence entre refuser d'être aimé et vouloir être tranquille.

Moi, je suis du genre à vouloir être tranquille. Vous ne me voyez pas dans la cour de récréation? Faites un détour par la bibliothèque. La plupart du temps, je suis là, absorbé dans une encyclopédie. Je fais un peu partie des meubles.

M'instruire, il me semble que ça me détend...

— Excuse-moi, mon grand.

La secrétaire vient déposer un dossier beige sur le bureau.

Elle esquisse un sourire et ressort.

Bernadette affirme que j'ai un problème de comportement et qu'elle doit m'aider à le résoudre.

Elle se trompe. Je m'adapte à toutes les situations. Oh! bien sûr, ça m'arrive d'être baveux avec les adultes.

Appeler ça un problème de comportement, c'est exagéré.

J'avoue quand même que ça me flatte que Bernadette m'accorde de l'attention... Un: j'ai envie qu'elle me fiche la paix. Deux: je suis ravi qu'elle m'accorde de l'attention. Ça ne va pas ensemble, je le sais.

Quand ma prof de français dit blanc une journée et noir le lendemain, elle se défend en utilisant la formule: «J'assume mes contradictions.» En gros, ça signifie qu'il n'y a pas que les imbéciles qui ont le droit d'être tout mêlés dans leur tête. Avec Bernadette, c'est exactement ça: j'assume mes contradictions.

La porte s'ouvre.

La travailleuse sociale n'entre pas tout de suite. Je la vois de dos qui apostrophe un monsieur qui passe dans le couloir.

— Qu'est-ce qu'elle a, ma robe? Elle ne cadre pas dans le décor?

Elle claque des talons, se dirige vers son bureau et prend le dossier beige que la secrétaire a apporté.

— Un appel à faire, Phil, et je suis à toi.

En effet, sa robe rouge ne cadre pas dans le décor. La fille qui ramasse les boules de loto à la télévision en a une semblable. Je le mentionne pour que vous ayez une idée du modèle et du tissu.

Le dossier beige, c'est mon dossier. La travailleuse sociale en étale les feuilles devant elle et compose un numéro de téléphone.

— Allô! C'est Bernadette... Mmmmm... Mmmmm...

À l'autre bout, il est question de moi,

ça, je suis assez intelligent pour le deviner.

Quand je dis mon dossier, il s'agit plutôt du dossier de la famille. Oh! la famille n'est pas immense. On n'est que deux. Il y a ma mère et il y a moi. Par conséquent, la moitié des documents éparpillés sur le bureau se rapportent à ma mère.

— Mmmmm...

À cette distance, je dois froncer les paupières pour être capable de lire. «Jean-

Philippe est un enfant perturbé.» Tapée à la machine, la phrase est en haut d'une feuille rose que Bernadette a retirée du dossier. J'ai beau me déboîter le cou, je n'arrive pas à déchiffrer ce qu'elle a griffonné dans la marge. En plus, c'est écrit à l'envers...

C'est frustrant que je ne puisse pas me lever et aller me coller le nez sur la feuille! Le seul mot que je parviens à lire, c'est caractériel, un mot qui n'est pas dans mon vocabulaire. Caractériel? Ça veut dire, j'imagine, que je suis quelqu'un qui a du caractère...

Le combiné du téléphone entre l'épaule et l'oreille, Bernadette tripote l'agrafe de son stylo à bille.

— Mmmmm...

Le mois dernier, elle s'est soudain aperçue que je n'avais pas de père. Il paraît que, pour être bien dans sa peau, un gars de mon âge a besoin d'une présence paternelle — ou, du moins, d'une présence masculine.

Elle pose le combiné.

— C'est arrangé! Il passe te prendre samedi en fin d'après-midi avec deux billets pour la partie de hockey. Deux bons billets.

— La partie de hockey au Forum?

— Oui.

— Et il passe me prendre à la maison?!

— Ne t'offusque pas. Il est parfaitement au courant que tu viens d'un quartier défavorisé.

— Pauvre... Je viens d'un quartier pauvre.

— On ne se chicanera pas là-dessus. Son nom, c'est Robert.

Là, il faut que je vous donne un ou deux détails.

Vous connaissez peut-être l'organisme qui s'appelle les Grands Frères. Son rôle? Fournir une présence masculine à des jeunes qui n'ont pas de père. La travailleuse sociale a fait une demande pour moi, et sa demande a été acceptée. À partir de samedi, une fois par semaine, je vais avoir un grand frère pour me tenir compagnie.

— Ma foi, ça t'emballe autant que si je t'annonçais la mort de ton chien.

— Je n'ai pas de chien!

Bernadette signe un document qu'elle glisse dans le dossier.

— Ce qu'il fait dans la vie, ça ne t'intrigue pas? D'habitude, tu es plus curieux. Je t'avertis, tu vas être surpris. Il est détective.

Les bras m'en tombent. Un policier!

— Tu me prends pour un délinquant ou quoi?!

— Robert est dans une agence privée. Tu ne t'ennuieras pas avec lui. En revanche, comme grand frère, on ignore ce qu'il vaut. On compte sur toi pour le tester.

Bernadette lisse sa robe. Le tester? Elle dit ça pour me taquiner. Ce n'est pas désagréable à entendre, n'empêche.

Détective privé... À l'école, personne ne voudra me croire. En fait, ce serait préférable que j'attende lundi matin pour en parler à mes amis. La sortie au Forum aura eu lieu, et je saurai alors beaucoup mieux à quoi m'en tenir...

Max est debout de l'autre côté de la rue.

— Dépêche-toi! Ça fait une heure que je me gèle les orteils.

Les cheveux coupés en brosse, Max a une épingle verte plantée dans le lobe de l'oreille. À part ses souliers de sport tout troués, c'est ce qui lui reste de sa période punk.

Depuis l'accident de piscine qu'il a eu à quatre ans, Max est sourd à soixante pour cent. Il a un petit appareil qu'il s'insère dans l'oreille. L'autre, pas celle avec l'épingle verte... L'appareil ne sert pas à grand-chose, puisque Max lit sur les lèvres.

— As-tu vu ma mère?

— Non, Phil... Elle doit être sortie pendant que je feuilletais les magazines de boxe au kiosque à journaux. Qu'est-ce qu'elle te voulait, ta travailleuse sociale?

— Rien de spécial. «Tes études vont bien? Et tes relations avec les profs? T'entends-tu mieux avec la directrice?» La routine, quoi!

— Tu perds ton temps avec elle!

— Ça dépend... De toute façon, je n'ai pas le choix. À cause des deux ou trois gaffes stupides que j'ai faites l'an dernier, je suis obligé d'aller consulter Bernadette une fois par mois. Inutile de revenir là-dessus.

Max se penche pour me chatouiller le mollet.

— En forme pour la randonnée de dimanche, Phil?

— S'il pleut, on n'aura qu'à reporter l'expédition.

— Jamais de la vie!

On est censés prendre les bicyclettes et rouler jusqu'au vieux port.

Je gagerais qu'il va tomber des clous!

Chapitre II
Photos du Forum

Ou Bernadette m'a menti ou elle ne connaît pas du tout le Forum. Ça, des bons billets!? On est dans l'avant-dernière rangée de la section des bancs blancs (qui, entre parenthèses, sont plutôt gris que blancs)! D'ici, la patinoire n'est pas plus grosse que ma rue sur les plans qui sont affichés à la sortie du métro.

Je suis frustré, oui, mais je ne rouspète pas.

Robert va découvrir mon vrai caractère bien assez tôt...

— On est mal placés, Phil, je le sais. Si j'ai choisi cette section, dis-toi que j'ai mes raisons.

Moi qui croyais avoir réussi à lui cacher ma déception! Robert a sans doute surpris la moue que j'ai faite quand je me suis aperçu qu'il nous restait encore un demi-million d'escaliers à monter. Tant pis!

Robert n'est pas aussitôt assis qu'il se

relève et me tend son appareil-photo.

— Tiens ça que j'ôte mon manteau...
Je t'en prie, Phil, fais un effort pour avoir
l'air de bonne humeur!

Bernadette a dû lui débiter les phrases
creuses de mon dossier... Au moins, il ne
me traite pas comme un phénomène. C'est
toujours ça de gagné! En fin de compte,
il est sympathique. Il a les yeux bruns et
vifs. Il est large d'épaules. Il a probable-
ment déjà fait des haltères.

Il essaie d'abord d'orienter la discussion sur les choses qui me passionnent.
Les livres, les chiffres...

Je ne suis pas très coopératif. Comme
ambiance, c'est un peu bizarre.

Robert hoche la tête. Les silences, les

temps morts, ça ne l'énerve pas. Il juge que ça fait partie du jeu. J'aime son attitude.

Le match commence. La foule s'anime autour de nous.

Décidément, il me faudrait des jumelles.

Dix minutes s'écoulent, dix minutes pendant lesquelles les Canadiens et les Bruins patinent au neutre. Comme il y a plus d'action dans les gradins que sur la glace, Robert photographie les spectateurs. Il a un téléobjectif qui a dû lui coûter une fortune.

À l'entracte, on s'achète de quoi manger et de quoi boire. Avant de partir, maman m'a remis deux dollars. J'offre à Robert de lui rembourser le coca-cola.

— Garde ton argent, Phil. Je me sentirais mesquin si je...

— Comment je me sens, moi!? Je me sens gêné, gêné au cube!

— La prochaine fois qu'on ira au restaurant, tu me paieras le *cappuccino*. On sera quittes. Ça te convient comme marché?

— O.K.

Tandis que j'engouffre mon hot-dog, Robert me demande si j'ai parlé des Grands Frères à mes amis. Je lui réponds que non.

— Tu ne leur as pas raconté que tu venais au Forum avec moi!?

— J'attendais. Je suis prudent. Les idées de Bernadette n'ont pas toujours été fameuses... Maintenant, c'est à mon tour de poser des questions. Marié?

— J'ai la même blonde depuis quatre ans.

— Comment elle s'appelle?

— Anna. Elle est pharmacienne.

— Toi, tu fais quoi?

— Bernadette ne t'a pas expliqué que...?

— Oui, mais j'aimerais t'entendre définir ça.

— Définir? Avoir su, Phil, j'aurais apporté le dictionnaire. Écoute, je fais des enquêtes. Toi, à part tes études, tu fais quoi?

— Je fais dur.

— Surtout quand tu tètes ton coke comme un babouin... Je t'en offre un autre?

— Je n'ai plus soif... Tu as été policier?

— Policier? Non, non. L'agence a été fondée par un de mes oncles. Quand j'avais ton âge, je passais mes vacances avec lui. C'est comme ça que j'ai appris les rudiments du métier... Euh! je te propose de suspendre l'interrogatoire et de retourner en haut. La deuxième vient de commencer.

Robert continue de photographier le public. Il regarde distraitement la patinoire. Quand une mise en échec fait vibrer la bande, ça attire à peine son attention. Manifestement, le grand frère que Bernadette m'a refilé n'est pas amateur de hockey.

Les Canadiens marquent un but. Les gens se lèvent. Robert fait alors cinq ou six photos d'un couple installé dans la troisième rangée avant la nôtre. L'homme applaudit. La fille trépigne de joie. Ils s'embrassent. Ça, c'est des vrais partisans!

Que je suis bête! Ce n'est pas parce qu'ils sont exubérants que Robert s'intéresse à eux. Il les surveille. Il les surveille depuis le début, et je viens juste de m'en apercevoir!

— À propos d'enquêtes, tu ne serais

pas en train d'en mener une sur les deux qui...?

Robert m'attrape le poignet. Il a peur que je pointe le couple.

— Ça se voit tant que ça?

— J'observe, c'est tout. Tu surveilles le gars aux bretelles jaunes et la rousse aux grosses boucles d'oreilles... Je me trompe?

— Non, non, soupire-t-il, tu ne te trompes pas.

— Qu'est-ce qu'ils ont de particulier?

— Rien.

— Quoi, rien?

— Ils sont ensemble, et ça me suffit.

— Je comprends! Le gars est avec sa maîtresse. Et c'est sa femme qui t'a engagé. Elle veut divorcer. Lui, il ne...

— Arrête, Phil, tu me résumes un épisode de téléroman!

— Et sa femme, ta cliente, elle a besoin de photos pour...

— Ces enquêtes sont d'un ennui mortel! Dieu merci, il y en a moins qu'avant. Dans les années soixante, quand mon oncle a lancé l'agence, plusieurs détectives faisaient seulement du flagrant délit d'adultère. Ils disaient qu'ils travaillaient dans la dentelle.

— Avec les caméras qu'il y a ici, ce n'est pas précisément l'endroit pour se rencontrer en cachette!

— Oh! la femme sait que son mari est infidèle. Il s'en vante. Mais, comme il y a un paquet d'argent en cause, l'avocat a conseillé à ma cliente de ramasser des preuves solides.

— Un paquet d'argent?

— Le mari est propriétaire d'un garage sur la Rive-Sud.

L'annonceur crachote dans son micro.

La sirène indique la fin de la période.

Nos deux oiseaux ne bougent pas de leur place. Robert et moi, on reste là à les examiner. Le garagiste passe le bras autour des épaules de la fille. On voit briller ses bagues. Elle se blottit contre lui.

— Il est si riche que ça? Maman dirait:

«Il a trop d'or aux doigts pour être honnête.» C'est un vieux proverbe.

Robert s'esclaffe. Il forme un éventail en étendant les mains. Aucune bague, aucun anneau.

— La rousse a un visage qui me dit quelque chose. D'où elle sort, cette fille-là?

— Tu l'as peut-être déjà croisée. Elle habite à cinq ou six rues de chez toi. Ça m'enrage, Phil, je n'arrive pas à la photographier pour qu'elle soit identifiable. Si elle se tournait à droite, je...

— Laisse-moi faire!

Je descends les marches quatre à quatre. Je m'immobilise à la hauteur du couple et, puisque tout à l'heure Robert m'a traité de babouin, je pousse le cri du singe évadé du zoo. Le gars et la fille sursautent. Ils regardent dans ma direction.

Moi, je fais comme s'ils n'existaient pas. J'invente trois ou quatre simagrées à l'intention d'un ami imaginaire assis plus bas, dans la section des bancs bleus. Je compte jusqu'à cinq, le temps que mon ami imaginaire me renvoie mon salut.

Je remonte à ma place.

Robert est furieux.

— Tant qu'à y être, pourquoi ne pas leur avoir demandé de fixer l'objectif!?

— La fille, l'as-tu eue dans l'angle que tu voulais?

— Même un aveugle n'aurait pas pu la rater.

— Alors, pourquoi tu chiales?

— S'il te prend d'autres fantaisies, j'apprécierais que tu m'avertisses...

— Avec moi, il faut être vite sur le piton!

— Dans mon métier, il y a une faute impardonnable, c'est de se faire repérer.

— Je te signale qu'il n'y avait pas de risque...

— À l'avenir, laisse-moi donc juger de ça moi-même!

Je boude pendant toute la troisième période.

Si Robert n'est pas satisfait, il n'aura qu'à rappeler Bernadette lundi matin pour qu'elle lui trouve un autre petit frère de douze ans. Ses classeurs débordent de jeunes de toutes les catégories.

Qu'elle lui en déniche un dans le style sage comme une image! Sage comme une image et têtu comme une statue... Hi! hi!

hi! c'est ce qu'il mériterait...

— Tu fais hi! hi! hi!

— Quoi?

Du coup, je redescends sur terre.

— Sans t'en apercevoir tu glousses comme une poule.

— Je glousse!?

— Laisse faire... D'ailleurs, excuse-moi. Je n'aurais pas dû me fâcher contre toi. Je suis méticuleux, Phil. Pour moi, une bonne stratégie, ça ne s'improvise pas. On efface tout... Visiter le coin où le gars aux bretelles a son garage, ça te plairait?

— Quand?

— Demain.

— Max et moi, on avait prévu se rendre dans le vieux port...

— Tu peux annuler? La campagne te ferait prendre l'air et te changerait des cheminées d'usines... Tu en meurs d'envie, Phil, cesse de te faire prier! Je serai chez toi demain à neuf heures. Neuf heures pile. Arrange-toi pour être prêt!

— Tu me prends pour qui?!

Il me pince la nuque et me secoue tellement fort que je me mords la joue. J'ai les larmes qui me montent aux yeux.

On est réconciliés.

Je préfère ça.

Ah! j'oubliais, les Canadiens ont battu les Bruins quatre à deux, et la partie s'est terminée par une bagarre générale.

Chapitre III
Débosselage & peinture

Si vous m'aviez dit qu'on pouvait aboutir en pleine campagne dix minutes après avoir franchi le pont Jacques-Cartier, je vous aurais envoyé parader dans le trafic.

Je baisse ma vitre. Il vente, je suis tout décoiffé.

L'air frais me fouette les cheveux jusqu'à la racine.

Ça me picote le crâne, c'est agréable.

Ça sent l'automne, les champs labourés, les vers qui se tortillent. Oh! ils ne se tortilleront pas longtemps. Je vois au loin un énorme tracteur qui travaille la terre en déplaçant avec lui tout un bataillon de mouettes affamées.

Mastiquez, les mouettes, mastiquez!

N'avalez pas tout rond!

Je prends une grande respiration. Poumons gonflés, je ferme les yeux. Je m'enfonce dans mon siège et je me prélasse.

Trois secondes de concentration suffisent pour faire fondre toutes les toiles d'araignées que j'ai dans le cerveau.

— Oui, profites-en pour t'oxygéner. Une balade comme ça, Phil, je te garantis que ça décongestionne les bronches! Ton ami Max n'était pas trop en diable que tu n'ailles pas au vieux port avec lui?

— Je ne sais pas. J'ai laissé le message à sa mère.

On a quitté la route principale et on roule sur un chemin cahoteux. Les banquettes sont assez molles pour amortir les chocs.

— Moque-toi si tu veux, Phil... Des fois, je reste quinze heures de suite assis derrière le volant à surveiller un édifice, une ruelle, n'importe quoi. Je suis prêt à me priver de beaucoup de choses, mais pas du confort de la bagnole!

Le garage est situé à environ vingt mètres d'une ancienne maison de ferme. HECTOR DUMOUCHEL & FILS, DÉBOSSELAGE & PEINTURE, ANTIROUILLE À L'HUILE. C'est ce qu'on lit sur l'écriteau fixé au-dessus de la porte. Robert a garé la voiture à l'abri des curieux, près de l'endroit où le bétail traverse.

— Hector Dumouchel et... Le gars qui s'excitait au hockey, c'est le fils?

— Oui.

— Il s'appelle comment?

— Hector, comme le père...

— C'est niaiseux, ça, Hector et Hector!

— Les gens l'ont surnommé Toto. C'est moins mêlant. Hector et Toto.

— Beau diminutif!

— Quoi?

— Rien... Et ta cliente, la femme de Toto, elle habite ici?

— Non. Après le mariage, ils ont acheté un condo à Longueuil. Le père, lui, vit toujours à côté. Au début, il était plus cultivateur que mécanicien... Es-tu capable de te servir de ça?

Il me montre l'appareil-photo.

— J'ai déjà participé à des expositions, tu sauras. J'ai même gagné des prix à l'école.

— À l'école? Donc, en dehors des études, tu fais de la photo. Hier, quand je t'ai posé la question, tu as...

— J'ai répondu que je faisais dur. J'exagère? La prochaine fois que tu téléphoneras à Bernadette, tu lui demanderas ce qu'elle en pense!

Je lui ôte l'appareil des mains. La mise au point étant semi-automatique, il n'y a aucune manipulation délicate à effectuer. En un sens, c'est bébé.

— Le garage est fermé le dimanche. On peut se payer le luxe de fureter. Toi, Phil, tu te tiens à distance et tu me fais des photos de tout ça.

— Le père va nous voir rôder.

— Ne t'inquiète pas pour lui. Il est rendu en Floride. Il n'est pas fou, le bonhomme, il passe l'hiver au chaud.

Tandis que Robert marche devant, je contemple les arbres. La lumière est magnifique. Comment résister à l'envie de prendre des photos du soleil à travers les branches? Même si la plupart des feuilles sont tombées, l'effet va être absolument fascinant.

J'imagine la surprise de Robert quand il va recevoir son film développé. Ça m'étonnerait qu'il s'attende à des photos d'arbres...

La porte du garage coulisse dans un fracas de ressorts et de poulies. J'ai juste le temps de m'aplatir dans une haie d'arbustes à épines. Aïe, aïe!

Robert se faufile derrière une rangée de barils. Il pourrait être mieux caché mais, que voulez-vous, il n'a pas eu le choix.

Une voiture sort du garage, moitié couverte de ruban gommé, moitié sablée pour être repeinte. Elle s'arrête, repart, s'arrête, repart, s'arrête.

Toto descend en claquant la portière.

Il donne des coups de pied dans les pneus et pèse de tout son poids sur le capot. Ça fait un grincement de ferraille. Pas besoin de connaître la mécanique pour comprendre que le bruit vient de la suspension. Toto saute à pieds joints sur le pare-chocs.

Attention, Toto, tu vas péter tes belles bretelles jaunes!

Je m'accroupis pour immortaliser la scène. Clic! En combinaison de travail crasseuse, un mécanicien s'amène, le nez plissé, pour renifler ce qui se passe. Toto est en colère contre le mécanicien.

Quel tempérament!

Le mécanicien s'allume une cigarette et reste là, les mains sur les hanches, à considérer le problème. Il réfléchit. Puis il se penche et tâtonne sous le radiateur.

S'étant redressé, il fait signe à son patron de rentrer l'auto à l'intérieur.

C'est alors qu'une autre voiture sort du garage, très sport, rose pêche, conduite par la fille rousse. Je fais une photo.

Pour un dimanche matin à la campagne, ce n'est pas l'activité qui manque. Toto s'approche de la fille. Elle lui touche le bras, lui murmure deux ou trois mots à l'oreille, l'embrasse.

Je fais une autre photo.

La fille agite la main et démarre en soulevant un nuage de poussière de gravier.

Un grand chien surgit, fâché noir, et se met à japper en direction de l'endroit où Robert est embusqué. Il est attaché avec une grosse chaîne rouillée. Toto lève les yeux au ciel. Il remonte dans la voiture déglinguée et, en deux temps, trois mouvements, la recule dans le garage.

Le mécanicien attrape l'animal par le collier et lui flanque une formidable taloche. Il prend quelques instants pour scruter les alentours. J'entends le chien qui couine faiblement. Je me tasse contre le sol, la tête dans les épaules. Impatient, Toto apostrophe son employé. Enfin, la porte se referme.

Là, je pousse un soupir de soulagement.

Robert m'adresse une série de signes pour me dire qu'il va regagner la voiture. Je l'observe qui revient en prenant une infinité de précautions.

— C'est quoi déjà, Robert, la «faute impardonnable»? Je te cite. C'est de se faire repérer, non?

— J'ai été imprudent. Si le chien n'avait pas été attaché, ç'aurait été la catastrophe. Je me demande d'ailleurs si le mécanicien n'a pas aperçu l'auto.

— Impossible!

— Sincèrement, je regrette de t'avoir

40

entraîné dans une aventure pareille. Je n'aime pas jouer avec le feu. Encore moins exposer quelqu'un qui ne... Pourvu que Bernadette n'apprenne pas ce qui est arrivé. Je peux compter sur ta discrétion, Phil?

— Évidemment!

— Merci.

— La fille, j'ai dû la...

— La rousse? La blonde de Toto?

— J'ai dû la croiser dans le métro, Robert, mais c'est sûr que je l'ai vue ailleurs. Je cherche où...

Je constate que j'ai fait un accroc à ma manche. Ce doit être quand j'étais pelotonné derrière la haie. Je vais me lancer dans le raccommodage aussitôt rentré à Montréal.

Je me suis aussi sali les genoux.

Bah! ça n'a pas d'importance.

Chapitre IV
La tarte à la citrouille

— Vous les aimez comment, vos oeufs, monsieur?

— Saignants, répond Robert.

La serveuse retrousse les lèvres.

Plongé dans ses pensées, Robert ne se rend pas compte qu'il vient de dire une énormité. Par chance, je suis là pour le corriger.

Après avoir quitté le garage, on a roulé sur la route de campagne et on s'est arrêtés au restaurant du village.

— Vous venez pour le brunch?

— Je ne sais pas si on a assez faim, madame...

La caissière nous a installés près de la fenêtre.

J'ai toujours dans ma poche le billet de deux dollars de ma mère. J'offrirais bien à Robert le *cappuccino* que je lui ai promis hier, mais je n'en vois pas sur le menu.

— Pour faire le *cappuccino,* Phil, ça

prend la machine. Ici, ils ne l'ont pas. Ne te tracasse pas, ce sera pour une autre fois.

Ça me déçoit. Je déteste traîner des dettes, moi.

Mon sandwich au poulet, viande brune, moutarde forte, m'arrive accompagné d'une salade de carottes. Je demande à la serveuse s'il y a moyen de remplacer la salade par des frites.

— Je suis allergique aux carottes.

Elle retourne dans la cuisine avec mon assiette. Je n'aurais pas cru que ce serait si facile. Ça me désole même un peu... D'habitude, quand je raconte un mensonge, c'est plus compliqué que ça. Après trente secondes, la serveuse revient avec mon sandwich et mes frites.

— Excellents, vos oeufs brouillés! s'exclame Robert.

Dorénavant, pour Robert, je suis allergique aux carottes.

Il va falloir que je m'en souvienne. Au moins, voilà un défi... Avoir un mouchoir, j'y ferais un noeud. Essayez donc, vous, de faire un noeud dans un paquet de kleenex!

Je profite qu'on est en tête à tête pour questionner Robert sur son métier.

— La femme de Toto, elle a trouvé ton nom dans l'annuaire?

— Pas le mien, celui de l'agence. On est dans les pages jaunes. Tu vérifieras.

Il ouvre son portefeuille et me donne une de ses cartes.

— Conserve-la précieusement. Il ne m'en reste presque plus.

— Fais-en réimprimer!

— Merci pour la suggestion.

— De rien... L'agence, elle te paye à l'heure?

— Oui, et quand tout fonctionne bien, je touche une prime. Bref, je suis un chasseur de primes. Il m'arrive aussi de servir de garde du corps. J'ai le physique de l'emploi. Garde du corps, ça rapporte davantage mais...

— Tu préfères les enquêtes?

— En dépit des corvées, oui, je...

— Les corvées?

— Les filatures, les guets, les attentes... C'est assommant. Chez nous, on a un détective qui ne peut plus faire de filatures parce qu'il a une maladie qui l'oblige à prendre des médicaments à heures fixes. Eh bien! je suis jaloux de lui.

— Sérieusement?

— Je charrie, Phil, je charrie... Mon oncle, celui qui a fondé l'agence, s'est spécialisé dans les enquêtes administratives et commerciales. C'est un domaine qui me plairait.

— Il va dans les boutiques, ton oncle?

— Ça dépend. Pour surveiller la clientèle, les gros magasins ont des détectives permanents. C'est plutôt quand ils se méfient de leur personnel qu'ils font appel à nous.

J'avale une gorgée d'eau.

— Les magasins font espionner leurs propres détectives!?

— Ça te scandalise?! Pour éviter que les journaux en parlent, ils ne mettent pas la police là-dessus. Même si c'est plus cher, la meilleure solution pour eux, c'est de s'adresser à nous. Tout reste confidentiel. Ils n'ont pas à s'inquiéter de la mauvaise publicité.

— En résumé, tu as hâte de prendre la place de ton oncle...

— Je n'ai pas dit ça, tu triches!

Sous la table, je lui écrase les orteils.

— De grâce, Phil, exprime-toi autrement qu'avec les pieds!

Du menton, je lui montre la voiture rose pêche qui vient d'arriver devant la porte. L'amie de Toto entre dans le restaurant et se rend directement au comptoir.

— Vous préparez des commandes pour emporter?

La caissière fait oui.

— Dans ce cas-là, je veux deux demi-poulets barbecue avec des frites. Et une pizza... Vous avez des escargots?

— En boîte...

— Ça ne me dérange pas. Une pizza escargots-champignons... Je peux attendre ici?

— Ce ne sera pas long.

La fille s'assoit sur un tabouret et se frictionne les tempes. Elle enlève ses grosses boucles d'oreilles, les jette au fond de son sac à main et se regarde dans le miroir du comptoir. Elle s'ébouriffe les cheveux. En l'observant, j'imprime ses traits dans ma mémoire.

Robert sucre son café.

Il fait comme si la fille rousse n'existait pas.

Moi qui sens mon coeur palpiter, j'admire son calme.

Après avoir débarrassé, la serveuse passe le ramasse-miettes sur la nappe.

— Prendriez-vous un bon dessert?

— Qu'est-ce que vous avez?

— Comme gâteau, on a le gâteau aux carottes...

— Parfait!

— Il me semblait, Phil, que tu...

La présence de l'amie de Toto m'a distrait. Tant bien que mal, je répare ma gaffe.

— Je suis allergique, oui. Le gâteau aux carottes, c'est pour toi, Robert.

Il me dévisage.

— Comme tarte, poursuit la serveuse sans sourciller, on a la tarte à la citrouille.

C'est la saison. Je vous la suggère.

— D'accord.

S'il y a quelque chose que je déteste, c'est la tarte à la citrouille. Dans mon assiette, ça ressemble à un carré au bran de scie baignant dans le caramel... Ouache! C'est bien simple, ça me répugne!

— Mettez-moi aussi trois morceaux de tarte comme ça, dit la fille rousse à la caissière. La garniture a l'air appétissante.

Je me fais tout petit. Je n'ose pas lever les yeux. J'entends mes tripes qui glougloutent. Si la directrice de l'école me voyait, ma réputation de jeune baveux en prendrait un coup!

— Essaies-tu d'hypnotiser ta fourchette, Phil?

— Très comique, Robert, vraiment très comique...

Chapitre V
Les cassettes classées à part

Dans l'auto, je remercie Robert pour le sandwich.

— Tu te sens rassasié?

— J'ai mangé à mon goût. La tarte était même de trop.

— Moi, je ne regrette pas d'avoir pris le gâteau. Il était plein de noisettes, de dattes, de raisins... Les émotions, Phil, ça creuse. Quand le chien noir a jappé, je ne te cache pas que j'ai tremblé dans mes culottes.

— Dans mon cas, les émotions, c'est tout à l'heure que je les ai eues, au moment où...

— Je sais.

— Si je n'avais pas pris de dessert, vois-tu, la fille rousse ne m'aurait pas remarqué.

— Tu te fais trop de reproches, Phil. D'ailleurs, elle ne t'a pas vraiment remarqué.

— Mon oeil!

— Fie-toi à mon expérience.

Je remonte ma vitre. Les dernières clôtures défilent devant le pare-brise. Déjà, c'est l'autoroute.

— Tu me jures, Robert, que tu ne t'es privé de rien?

— Pardon? J'ai dû en rater un bout...

— Tu n'aurais pas aimé, par exemple, un deuxième morceau de gâteau?

— Je te fais l'effet d'être à la diète?!

Évidemment, il ne comprend pas mes scrupules. Il n'est pas au courant, lui, de ce qui s'est passé quand maman m'a invité au restaurant pour fêter mes onze ans.

Moi, c'est un repas dont je vais me souvenir longtemps.

Elle a choisi pour elle le plat le moins cher du menu, des piments farcis. Elle voulait être sûre d'avoir assez d'argent pour payer l'addition. Moi qui m'empiffrais de crevettes, quand ça m'a frappé, j'ai eu une crampe d'estomac. Et je me suis senti coupable d'avoir onze ans, coupable de ne pas avoir de père, coupable d'être né...

Le train de vie de la famille s'est amélioré depuis que maman a trouvé son emploi de serveuse, ça, c'est clair et net. Je suis maintenant plus attentif à certains indices, n'empêche...

— Quand tu dis, Robert, que tu ne gagnes pas une fortune, ça signifie quoi?

— Désires-tu faire une contribution à la caisse de retraite des détectives? Tes deux dollars te brûlent les poches, hein?!

— Arrête de m'agacer avec mes deux dollars!

— Tu veux des chiffres?

— Si ce n'est pas un secret...

— L'auto est payée. Le salaire que je fais se compare à celui de ma blonde à la pharmacie. Ça répond à ta question?

— Ça me met sur une piste.

Avant de me ramener à la maison, Robert passe chez lui prendre les billets du spectacle auquel il doit aller avec Anna.

— Quel spectacle?

— Un concert de musique sacrée qui a lieu en fin d'après-midi dans une église pas loin d'ici. Anna a toujours chanté dans une chorale. Ses parents sont d'origine hongroise et...

— Ça t'intéresse, toi, la musique sacrée?

À ma grande surprise, ça l'intéresse.

En revanche, il ne raffole pas des concerts du dimanche.

— Les gens vont là plus pour applaudir que pour écouter... Tu vas apprendre à me connaître. J'ai un côté grognon.

— Tu assumes tes contradictions, Robert, c'est tout!

Il écarquille les yeux. Ma réplique est tombée pile. Pourquoi lui avouer que j'ai piqué cette phrase à ma prof de français?

Nous voici devant l'immeuble où il habite. Trois étages, six appartements. La vitre de la porte est tout égratignée.

— Ça, dit Robert sur le ton de Sherlock Holmes, c'est parce que les locataires tournent la poignée avec leurs clés dans la main.

Il y a beaucoup de matériel photographique dans le salon.

— As-tu une chambre noire?

— Je me sers de celle du bureau.

Dans son adolescence, Robert a travaillé pour un ami de son oncle qui était photographe professionnel. Il l'aidait dans les mariages, les baptêmes... Ce qui lui plaisait, c'était, à partir d'un détail, d'imaginer la vie des gens qui apparaissaient sur les photos.

— Un détail?

— Le chapeau de la marraine, la cravate du parrain... C'était l'exercice idéal pour un apprenti enquêteur.

— Toi, Robert, ça t'est déjà arrivé de voir une de tes photos à la télévision?

— Non.

— Moi, oui. J'ai fait une photo la semaine dernière. Et cette photo, je l'ai vue à la télé mercredi soir.

— Tu blagues?!

— Non, Robert, je ne...

— Explique.

— Maman a gagné un aspirateur dans un concours. Elle m'a demandé de lui faire une photo de son vieil aspirateur pour l'envoyer au câble 12. Tu connais le câble 12?

— Les annonces illustrées?

— Exactement. Une secrétaire a téléphoné pour se plaindre que ma photo était trop artistique. Maman s'est... C'est quoi, le mot?

— Obstinée?

— Elle s'est obstinée, oui. Elle a eu raison parce que, jeudi matin, l'aspirateur était vendu. Payé comptant. J'ai participé à des expositions à l'école... La télévision, c'est différent!

Il hésite à me croire. Bon, je n'insiste pas. J'inspecte la cuisine tandis qu'il fouille parmi les papiers amoncelés sur la table. Ouf! ça y est, il brandit l'enveloppe bleue qui contient les billets du concert.

— J'ai eu peur de les avoir perdus... Allez, Phil, il faut qu'on...

— Phil, il faut qu'on file! Fais la rime. Phil, il faut qu'on file!

— J'aurais dû me tourner la langue sept fois...

— Ou te la mordre!

— Tu as oublié ta frousse du restaurant, toi...

En me levant de ma chaise, je découvre sa collection de cassettes. Ça occupe la moitié d'un pan de mur.

— Tu sais, Robert, j'ai une amie à l'école qui s'appelle Carmen et qui a commencé à étudier le piano en septembre. Parfois, elle me permet d'assister à ses cours.

— Oh! ça m'étonnerait qu'elle joue des mélodies de ce style-là. C'est du blues.

— Et les cassettes qui sont là-bas, Robert, près de la chambre à coucher, c'est aussi du blues?

— Non. Celles-là, c'est pour quand ma blonde vient faire son tour.

— Des enregistrements de chorales?

Il grimace. J'ai dit une sottise? Ça, oui! Et je le réalise en une fraction de seconde. Les cassettes qui sont rangées à proximité de la chambre, c'est la musique douce, la musique caressante qu'ils écoutent quand ils sont ensemble, quand ils...

Inutile de me mettre les points sur les *i*.

— Excuse-moi, Robert, j'ai l'air tarte...

Oh! ne prends pas ma défense. J'ai l'air
tarte. J'ai l'air tarte à la citrouille, tiens!

Il pouffe.

Faire rire, c'est une bonne façon de ra-
cheter une maladresse.

Je n'ajouterai pas que c'est la première
fois que j'ai l'air aussi tarte. Je suis per-
suadé qu'en faisant un effort je pourrais
trouver mieux.

Chapitre VI
Petit lundi, grosse semaine

— La météo annonce des averses, Jean-Philippe. Apporte ton parapluie, sinon tu vas être trempé jusqu'aux os.

Je fais semblant d'être sourd.

Maman est furieuse et elle passe son agressivité sur moi. Elle m'a forcé à manger un énorme bol de gruau trop cuit. De la colle... Hier soir, elle s'est trompée de vingt dollars en rendant la monnaie à un client, et le patron du restaurant lui a soustrait ça de ses pourboires.

Elle ne me demande pas comment s'est déroulé mon voyage à la campagne. Elle n'a pas, me souligne-t-elle, la tête assez reposée pour écouter mes blablas.

Et tac!

Maman est furieuse à cause des vingt dollars. Je crois aussi qu'elle boude. N'oubliez pas que ça l'emballait plus ou moins que la travailleuse sociale confie mon dossier aux Grands Frères.

— Une présence masculine? Si Bernadette va raconter ça aux pompiers, ils vont l'arroser!

Au contraire de ce que maman avait prévu, ça a tout de suite cliqué entre Robert et moi. Je suppose que ça la frustre pas mal d'être obligée d'admettre son erreur.

Je rumine ça pendant le cours de français. Une minute avant la fin, la prof s'aperçoit que je suis dans la lune. Elle m'interroge sur le verbe résoudre, première personne du singulier, au passé composé et à l'imparfait.

Je lui donne la bonne réponse, pas besoin de me creuser les méninges. Je m'entends parler au milieu de la classe, et c'est comme si je n'étais pas là. Ma voix me revient en écho, un peu éraillée, ébréchée même...

La cloche sonne, et c'est le retour sur terre.

Je passe la récréation à la bibliothèque où je consulte un album consacré aux voitures sport. Le modèle que la blonde de Toto pilotait hier à la campagne n'apparaît pas sur les photos.

Trop récent, j'imagine...

À midi, dans le hall du centre commercial situé à deux pas de l'école, chacun mange son lunch. Carmen, William et Max me posent des questions sur ma rencontre avec Robert.

— D'abord, on s'est rendus au Forum.

— Banal, bougonne Max qui m'en veut de ne pas lui avoir raconté l'histoire du grand frère la semaine dernière, quand il est venu me rejoindre devant les bureaux de Bernadette.

— Laisse-le continuer! s'impatiente Carmen.

Carmen, c'est elle qui suit des cours de piano. Elle a une cicatrice sur la joue qui lui fait comme une fossette.

À l'époque où elle allait à la maternelle, elle a été mordue par un chien de dépanneur. Le chien avait été dressé pour être gentil avec les enfants et féroce avec les voleurs. On avait oublié de lui enseigner quoi faire avec les enfants voleurs. Il a surpris Carmen à prendre une poignée de bonbons derrière le comptoir et il lui a sauté à la figure.

Max, lui, n'entend qu'à quarante pour cent. Ça, vous le savez. Tout à l'heure avec maman, quand je vous ai indiqué que je faisais semblant d'être sourd, j'aurais pu aussi bien dire que je faisais semblant d'être Max.

Il connaît le langage des mains. Avant, il étudiait dans une institution spécialisée. Il m'a appris une vingtaine de signes. Au centre commercial, on voit souvent d'autres sourds, et Max discute avec eux. Leurs doigts bougent très vite. C'est hallucinant!

Pour entrer en contact avec vous, Max vous tire la manche, vous effleure l'épaule, vous tapote la poitrine... Il doit vous toucher à tout prix. De l'avis de la directrice, s'il agit de la sorte, c'est parce qu'il est sourd. Moi, je crois que c'est parce qu'il est fêlé. Fêlé, oui. Je le considère pourtant comme mon meilleur ami.

Le pire, c'est quand il aborde les filles dans la rue. Il en choisit une, s'approche d'elle et la fait sursauter.

Il s'en sort toujours en disant à la fille qu'il l'a confondue avec une de ses cousines.

C'est une manie qui agace Carmen.

— Là, Max, tu cherches à prouver quoi?

— Épargne-nous tes états d'âme!

Cette phrase, c'est William qui la lance à Carmen. Je me demande dans quelle émission il l'a pêchée, celle-là...

William est le quatrième mousquetaire. Avec son long cou et ses clavicules saillantes, c'est la maigreur incarnée. La peau de son torse ressemble à un tee-shirt qu'on aurait suspendu à un cintre tordu. N'importe quand, il peut obtenir un billet du médecin pour être dispensé des cours d'éducation physique.

William a un surnom costaud, le Thon, qui ne convient pas à son aspect général.

Les formules qu'il entend le soir à la télé, il les apprend mot à mot et nous les récite le lendemain. Plutôt pénible... Je supporte ça parce que c'est son seul gros défaut.

Tout ce que le Thon fait pour s'intégrer à la bande se retourne contre lui.

— Ça m'écoeure de me faire traiter de parasite!

Il a beau chialer, il reste inoffensif. D'après maman, il manque tellement de débrouillardise qu'il aurait dû naître dans une famille riche. Par malheur, son père est chômeur et sa mère a une maladie rare, le genre de maladie qui s'écrit avec plusieurs traits d'union.

Même quand il a d'excellentes notes, les profs le dorlotent et s'apitoient sur son sort. À sa place, moi, je me serais tanné vite et je les aurais envoyé promener. Les profs, ça fait leur affaire, on dirait, que William ait les pieds dans la même bottine.

Chaque fois que j'y pense, ça m'attriste. Par chance, je n'y pense pas trop souvent. Ah! qu'ils sont déprimants, les adultes, quand ils s'y mettent! William est innocent et il ne se rend compte de rien. Mais peut-être que je me trompe et qu'au fond il souffre en secret...

J'ai de drôles d'amis.

J'ai de drôles d'amis qui ne sont pas toujours drôles. Aujourd'hui, en un quart d'heure, ils m'ont interrompu mille deux cent vingt-sept fois. J'ai failli ne pas me rendre à l'épisode du gâteau aux carottes et de la tarte à la citrouille.

— Donc, même si elle t'a vu, la fille ne s'est pas aperçue que tu l'observais?

— Non, Carmen, et il y a une raison à ça: je n'ai pas croisé son regard. Le grand principe, c'est de ne jamais croiser le regard de la personne que tu surveilles.

— C'est Robert qui t'a montré ça?

— C'est une règle de base. Robert me montre des choses pas mal plus subtiles...

William est quand même impressionné.

— Le grand principe, c'est de ne jamais croiser le regard de la personne que tu surveilles.

Max pousse un soupir.

— Je ne suis pas complètement sourd, le Thon! Si tu veux réviser tes leçons, fais-le en silence.

— Toi aussi, Max, tu peux nous épargner tes états d'âme!

Je suis menteur. Robert ne m'a pas expliqué la procédure à suivre quand on espionne les gens. Oh! s'il l'avait fait, je suis sûr qu'il aurait insisté sur la nécessité de garder les yeux baissés.

Max pousse Carmen du coude.

— Tu vois la fille qui sirote un café près du kiosque à journaux, celle avec les boucles d'oreilles? Gages-tu que je n'ai pas peur d'aller lui pincer une fesse?

— Je ne gage pas, je ne gage pas!

Bien entendu, la réaction de Carmen encourage Max à faire sa démonstration.

William ricane.

Je me retourne pour ne rien perdre de

la scène.

Misère de misère!

J'ai juste le temps d'agripper Max par le collet.

— Qu'est-ce qui se passe?

— C'est elle!

— Qui, elle?

— La rousse!

— La rousse...? Hé! tu m'empêches de respirer.

— Sors des limbes, Max! La rousse, la blonde de Toto... C'est elle là-bas!

Max commence à chanceler. Je relâche ma prise. Il se masse le cou. Il est tout pâle.

— Un peu plus, Phil, tu m'étranglais...

— N'exagère pas!

— On s'éclipse, marmonne Carmen en donnant une pichenette sur sa montre. Les cours commencent dans cinq minutes.

La rousse vide son gobelet et le jette dans une poubelle.

D'un pas résolu, elle entre à la quin-caillerie.

Chapitre VII
Solde d'automne

Hier soir, Max et moi, on a pris les vélos et on a patrouillé le quartier. On a remonté les petites rues et on s'est rendus comme ça jusqu'à l'incinérateur municipal.

Pendant une demi-heure, on a observé le va-et-vient des camions à ordures.

On a les distractions qu'on peut!

En revenant, j'ai suggéré à Max qu'on fasse un détour par le centre commercial. On a attendu jusqu'à la fermeture.

C'était trépidant, fébrile même. Le personnel préparait les étalages pour le grand solde qui doit durer jusqu'à samedi.

On n'a pas revu la rousse.

— Souhaitons que tu aies plus de chance demain, m'a dit Robert quand je l'ai appelé pour lui raconter ma journée. Excuse-moi, j'étais sur le point de me mettre au lit.

— Il est encore tôt!

— Avant de rentrer, je suis allé donner du sang à la Croix-Rouge, et ça m'a amorti.

— Je comprends, Robert... Bonne nuit.

Ah! j'aurais au moins pu lui demander s'il avait un type de sang rare...

Là, il est midi. On vient de quitter la cour de l'école. Même si la pluie a cessé, il reste des flaques. En l'espace de dix secondes, William a réussi à se faire arroser deux fois.

Carmen montre le poing aux conducteurs. Elle les traite de tous les noms.

— Réagis, le Thon, réagis!

— Vous m'avez baptisé d'un nom de poisson... C'est normal que je me sente bien quand je suis mouillé...

Avec sa manche, il essuie les gouttes d'eau sale qui lui coulent du menton.

Il a le teint encore plus blême qu'hier.

— Quoi? fait Max qui a raté la réplique parce qu'il regardait ailleurs.

Carmen se gratte la tête avec rudesse. Le poil hérissé comme ça, elle ressemble à une chatte de ruelle. Elle a cet air-là quand elle joue des choses compliquées au piano.

Le mois dernier, à cause des enfants

de la garderie qui traversent par grappes, la voirie a suspendu un clignotant jaune au-dessus de la rue. Eh bien! c'est plus dangereux qu'avant. Au lieu de ralentir, les autos accélèrent. Le jaune les excite.

Ici, dans la zone du parc, la limite de stationnement est d'une heure.

En imperméable vert, le préposé marque les pneus des voitures. Il va revenir au début de l'après-midi pour distribuer ses contraventions. Derrière lui, des élèves s'amusent à effacer les traces de craie. Avant, c'était notre passe-temps favori, à William et à moi. Maintenant, on laisse ça aux plus jeunes.

Il y a un monde fou au centre commercial.

Les boutiques ont sorti leur marchandise dans les allées.

— On flâne?

— Oui, oui...

Carmen a l'air de loucher. Elle examine furtivement son reflet dans les vitrines. Elle arque le dos, relève le front... En dépit de ses manières brusques, elle se soucie beaucoup de sa silhouette.

Je fais comme si son manège m'avait entièrement échappé. Max copie mon attitude. William surprend notre jeu. Va-t-il tenir sa langue?

— Max et Phil sont en train de rire de toi, Carmen.

Des fois, lui, je le...

— J'ai envie de te sauter au cou, le Thon!

— Pour m'embrasser ou pour m'étouffer?

— Devine!

La discussion qui suit porte sur la coquetterie. Selon Carmen, les gars se pavanent autant que les filles. La grosse épingle de Max, c'est une parure, non? Une sorte de bijou?

— Et toi, Phil, cet accroc à ta manche, ça sert à quoi, sinon à te donner un genre?!

Il me semblait que j'avais oublié quelque chose... Dimanche soir, j'aurais dû repriser mon manteau. Je vais essayer d'y penser avant que maman ne s'en charge.

Max me flanque un coup de genou dans le jarret.

Je trébuche presque.

— Qu'est-ce qui te prend? Veux-tu me mettre la cuisse en compote?

Sans ouvrir la bouche, il me désigne la rangée de téléphones publics. La fille rousse est là qui gesticule, adossée à un appareil.

— Je me demande ce qu'elle manigance. Es-tu capable de lire sur ses lèvres?

— Elle est loin...

— Le téléphone de droite est libre, constate William. Je vais faire semblant d'appeler quelque part pour écouter ce qu'elle...

— Toi, le Thon, tu ne bouges surtout pas d'ici!

— J'en saisis des bouts! s'écrie Max. C'est facile. Elle répète: «J'en ai trouvé une, j'en ai trouvé une!»

— Chut! Pas si fort... Une quoi?

— Aucune idée!

La rousse raccroche et détale en direction de la grande porte. Max, Carmen et moi, on se précipite derrière elle. Je bouscule un bonhomme qui a les bras chargés d'emplettes.

William reste sur place pour surveiller les lunches.

Ça ne lui fait pas plaisir, c'est évident, sauf qu'il en faut un qui se sacrifie. Et le mousquetaire qui se sacrifie, c'est toujours le quatrième.

La rousse trottine entre les rangées du stationnement. Après avoir exécuté quelques pas de danse, elle s'arrête devant une Honda grise. Elle *dézippe* son blouson et sort une tige de métal, mince et plate, qu'elle introduit sous le caoutchouc de la vitre.

La portière est aussitôt déverrouillée.

On distingue mal ce que la fille traficote.

Elle est couchée sous le tableau de bord, et on voit seulement une jambe qui gigote.

Moins de trente secondes plus tard, la voici assise derrière le volant de la Honda qu'elle conduit en souplesse jusqu'à la sortie. Et croyez-le ou non, à l'intersection, elle ralentit en passant sous le clignotant jaune.

Elle songe à la sécurité des piétons, elle! Si on y réfléchit, c'est logique. Au volant d'une voiture volée, la blonde de Toto n'a pas intérêt à être impliquée dans un accident de la circulation. La voyez-vous obligée de montrer ses papiers à la police?!

Tandis que Carmen et Max retournent à l'intérieur pour avertir William, moi, je fonce à l'école. Tout essoufflé, j'arrive au bureau de la directrice.

— Je peux me servir du téléphone?

— Utilise celui de l'entrée.

— Je n'ai pas de monnaie, madame. C'est très, très, très urgent!

La directrice prend sa mine désabusée des mauvais jours.

Venant de moi, rien ne l'étonne. Le printemps dernier, elle l'a écrit noir sur blanc dans une lettre qu'elle a envoyée à maman.

Je compose le numéro de l'agence de détectives.

Pourvu que Robert soit là, pourvu que...

Non seulement il est là, mais c'est lui qui répond.

— Tiens-toi bien, Robert, parce que j'ai une affaire sensationnelle à te conter! Tu es assis?

— Attends, je me tire une chaise... Ça y est. Vas-y.

Chapitre VIII
Le cadeau d'Anna

Me voici à l'hôpital.

Comme visiteur, pas comme patient.

Le patient, c'est Robert. Il a au moins trois côtes fêlées.

— Entre, Phil. Je te présente mon vieil ami, l'inspecteur Thomas, qui est venu pour m'engueuler.

— Pas pour t'engueuler, Robert, pour compléter mon rapport...

Le policier dépose son carnet et me serre la main.

— Bravo pour les photos, Phil! On les a développées, et elles sont sensationnelles. Elles montrent parfaitement ce que Toto Dumouchel trafiquait dans son garage. Avec des photos de cette qualité, j'ai l'impression qu'on va s'amuser pendant le procès.

Je ne sais pas trop comment réagir.

Les compliments, moi, ça me paralyse.

— Phil n'est pas n'importe qui, fait

Robert. Régulièrement, tu peux voir ses oeuvres à la télévision.

L'inspecteur Thomas ôte ses lunettes.

— Évidemment, Phil, on a éliminé les photos de branches.

— Je n'ai pas gaspillé de pellicule. J'ai...

— Tu n'as pas à te défendre, personne ne te fait de reproches.

Il remet ses lunettes, reprend son carnet de notes et se tourne vers Robert.

— On récapitule?

— D'accord.

— Donc, au départ, tu enquêtes sur une affaire d'infidélité, une affaire des plus banales. Mais, après ton voyage à la campagne, tu flaires un truc pas mal plus sérieux...

— Je soupçonne le gars de maquiller des voitures volées. Un dimanche matin, toute cette activité dans un garage de rang, c'est très louche...

— Et, comme tu n'es pas certain de ton hypothèse, au lieu d'avertir la police, tu choisis d'attendre... Toi, Phil, tu t'es douté de quelque chose?

— Franchement, non...

Le policier revient à Robert.

— Hier, quand Phil t'a téléphoné, tu as pris contact avec ta cliente pour ensuite communiquer avec moi.

— L'inverse... C'est toi, mon vieux, que j'ai appelé en premier.

— Ta cliente, elle s'attendait à ça?

— Elle savait que son mari n'était pas un ange... Au fond, le scandale qui se prépare, ça l'arrange. Elle va obtenir son divorce plus vite que prévu. Elle est plutôt satisfaite de mes services.

— J'espère que ça va paraître quand elle va ouvrir son chéquier pour te payer les heures que tu as passées sur son dossier.

Mon regard se porte sur la table de chevet. Un bouquet y occupe toute la place. Parmi les tiges, il y a une carte de prompt rétablissement avec la signature de Bernadette.

— Ne t'inquiète pas pour les fleurs, Phil. Anna est allée au poste demander aux infirmières de lui prêter un pot.

— Anna est ici?

— Elle ne devrait pas tarder à revenir. Tournerais-tu la manivelle, s'il te plaît?

— Dans quel sens?

— À droite... Non, à gauche. Le lit est trop haut.

L'inspecteur me donne un coup de main. Je remarque alors les gros bleus que Robert s'est faits sur les bras.

— Tu sais, Phil, que notre ami Robert a décidé de prendre sa voiture et de venir assister à l'intervention de la police au garage de Toto?

— Je sais, je sais...

Robert tousse.

— Je n'ai pas été capable d'atteindre les lieux parce que deux autos de la Sûreté bloquaient la route. J'ai marché dans les champs pour me rendre à l'arrière des bâtiments.

— Et c'est là que tu as été renversé par le mécanicien qui essayait de s'enfuir en moto. Avec trois côtes fêlées, tu t'en tires à bon compte. Ç'aurait pu être beaucoup plus grave.

L'inspecteur laisse tomber sa phrase sur un ton de reproche.

Les policiers ont arrêté Toto et son complice.

Ils n'ont pas pu mettre les menottes au mécanicien parce qu'il avait les poignets trop enflés.

— Je me suis renseigné. Le mécanicien en a pour un mois avec les mains dans le plâtre à cause des fractures multiples qu'il s'est infligées. Tu lui as vraiment fait faire une méchante chute.

— Et la fille?

— Son signalement circule. On ne tardera pas à l'attraper.

Anna apparaît avec une carafe de cristal entre les mains.

— Pas encore parti, toi? dit-elle en toisant le policier. Robert a eu du monde toute la sainte journée. Il est fatigué.

— Je...

— Les infirmières n'avaient pas de pot. J'ai été obligée de descendre à la

boutique du hall pour en acheter un. Ça m'a pris une éternité... Salut, Phil! Je suis contente de te rencontrer.

Elle m'adresse un clin d'oeil, ouvre le robinet d'eau froide, remplit la carafe à moitié et y dépose le bouquet.

— Tu dois avoir hâte de te reposer, Robert...

L'inspecteur Thomas ferme son carnet et se lève.

— Bon, il faut que j'y aille.

Il me touche l'épaule.

— Encore une fois, Phil, félicitations pour les photos!

Une bouffée d'orgueil me monte aux tempes.

Le policier parti, l'atmosphère se détend.

Robert déplie lentement ses draps.

Il grimace de douleur.

— Devant vous, je n'ai pas besoin de me retenir, je peux me plaindre de mes bobos.

Je comprends ça. L'hiver où je me suis fait opérer pour les amygdales, le plus dur, ç'a été d'être gentil avec la visite.

— C'est vrai, Phil, les gens détestent les malades qui se lamentent. Pourtant, être constamment de bonne humeur, ça stresse en diable. Je suis convaincu que ça retarde le processus de guérison.

Au milieu de l'après-midi, deux collègues de l'agence sont venus, et Robert a fait semblant de dormir. Ça l'a dispensé d'avoir à jaser avec eux. Son oncle aussi a fait un saut après le travail. Il lui a apporté un cadeau, une robe de chambre en ratine kaki avec des rayures noires sur les manches.

— Ah! qu'elle est laide, s'exclame Anna qui se retient de pouffer. Si tu sors dans le couloir accoutré comme ça, les autres patients vont immédiatement te prendre en pitié!

Robert roule la robe de chambre en boule et la met sous son oreiller. Il se penche au-dessus du bouquet de Bernadette.

— Elles ne sentent pas grand-chose, ces fleurs-là!

Anna fouille dans son sac.

— Moi aussi, j'ai un cadeau. C'est un cadeau pour Phil.

— Pour moi? En quel honneur?

— Robert m'a prévenue que tu passerais le voir. Je t'ai acheté ça. Excuse-moi, je ne l'ai pas emballé.

Elle sort un walkman. Il est jaune avec un bouton pour le son *dolby,* un bouton pour les cassettes chrome, un bouton pour les basses tonalités... Il est superbe!

Je balbutie quelque chose qui ressemble à un merci.

— Tu peux même l'essayer. J'ai mis deux piles dedans.

Robert profite de la situation pour faire allusion à la question embarrassante que je lui ai posée dimanche sur sa façon de ranger les cassettes.

Je deviens tout rouge. Je tente de sourire.

Je me demande parfois si ma copine Carmen n'a pas raison quand elle dit qu'une fille de douze ans est plus vieille de caractère qu'un gars du même âge.

Anna me donne un gros baiser sur le front. Robert soupire.

— Voyons, Phil, ne souris pas comme ça! Tu souris comme un enfant qui a de la fièvre et qui essaie de rassurer ses parents.

— Euh!...

— Tu as fait tes devoirs?

— Veux-tu m'insulter?!

Je ne suis pas vraiment fâché. Si Robert me provoque comme ça, c'est pour dissiper le malaise.

— Toi, Anna, as-tu aimé ton concert?

Elle se met à me citer des noms de compositeurs. Deux minutes plus tard, la conversation dévie sur les chorales. Robert dit que, pour former la jeunesse, une chorale vaut mieux qu'une armée.

— Une chorale, c'est le meilleur endroit pour s'exercer à vivre avec les autres. Ton voisin chante une partie différente de la tienne? Vas-tu le bâillonner à cause de ça? Au contraire, c'est parce qu'il chante une partie différente de la tienne qu'il y a de l'harmonie.

— Ça, rétorque Anna, c'est à condition que personne ne fausse... Tes médicaments te rendent bavard, Robert...

Elle sait de quoi elle parle. Elle est pharmacienne.

Je les observe. Ils s'amusent à se taquiner.

J'éprouve pour eux beaucoup de tendresse.

Le moment est mal choisi, je suppose, pour leur avouer que je ne peux pas faire une vocalise sans laisser échapper une demi-douzaine de couacs.

Robert frissonne et rentre les mains dans les manches de son pyjama. Il claque des dents. Il grelotte de tous ses membres. Il tremble comme la laveuse de maman quand elle n'est pas d'aplomb.

Je suis d'accord avec Anna. Les comprimés qu'il prend produisent des effets étranges.

— Tu as besoin de sommeil.

Robert est plus amoché qu'il n'en a l'air. Se jeter devant une moto en marche, quelle idée de fou!

Anna me reconduit en voiture jusqu'à

la porte de la maison.

Quand il fait noir, le quartier est moins affreux.

— Bonsoir, Phil.

— Bonsoir, Anna. Merci pour le walkman.

— Aimes-tu mieux que je t'appelle Jean-Philippe?

— Il y a juste ma mère qui m'appelle Jean-Philippe.

— Dors bien, Phil... Ne t'inquiète pas trop pour Robert. C'est quelqu'un qui récupère vite. Il ne restera pas longtemps à l'hôpital.

Robert... Ça ne fait même pas une semaine que la travailleuse sociale me l'a trouvé. En six jours, tout ce que j'ai découvert avec lui, c'est incroyable!

J'entre dans la cuisine. La porte du frigo est ouverte. Maman prépare mon lunch de demain.

Je lui montre le cadeau d'Anna.

— C'est une chose que Max ne pourra pas m'emprunter!

Aussitôt, j'ai honte d'avoir sorti ça. C'est mesquin de ma part. Par chance, maman ne m'a pas entendu. Elle est trop énervée par ce qui vient de se produire.

— L'inspecteur Thomas a appelé et il a laissé un message.

— Un message?

— Il a dit que, si tu avais envie de visiter le quartier général de la Sûreté du Québec, tu pouvais y aller n'importe quand. Toi qui as toujours été en révolte contre l'autorité, as-tu maintenant des amis dans la police?

— Je t'expliquerai.

— Et il a ajouté que, grâce à tes photos, les douaniers ont pu arrêter la fille rousse à la frontière américaine.

— Yyeaaaa!!

— Tant mieux si tu comprends!

Maman est tellement troublée qu'elle étale une couche de beurre d'arachide sur deux tranches de pain imbibées de moutarde.

Je ne vous décris pas le sandwich que ça fait...